ça grouille
De grenouilles !

Elsa DEVERNOIS

Après avoir désiré successivement devenir fée (ou sorcière), danseuse en tutu rose ou encore graveur de gaufrettes, Elsa Devernois s'est finalement dirigée vers l'écriture pour les enfants. Ses textes sont régulièrement publiés dans des magazines. Elle écrit également des albums et des romans, édités à l'École des Loisirs, Nathan ou Flammarion.

Catherine MEURISSE

Catherine Meurisse est née en 1980. Diplômée de l'école Estienne et des Arts Déco de Paris, elle dessine dans la presse adulte (*Charlie Hebdo, Les Échos*) et la presse jeunesse (*Okapi, D Lire*). Elle illustre également des livres pour les enfants (Nathan, Bayard, Albin Michel, Sarbacane, Gallimard), et réalise des BD à ses heures perdues.

ça grouille De grenouilles !

Une histoire écrite par Elsa Devernois
illustrée par Catherine Meurisse

SOUVENIR DE QUIBERON

Plaisir d'Offrir

bayard poche

1
vert De rage

Ce mercredi-là, je m'étais réveillé dans une forme quasi olympique. Dorian, mon ami depuis toujours, devait venir passer la matinée chez moi.

Avec ce ciel bleu magnifique et ma pêche d'enfer, j'avais un moral de champion. Moi, Jonathan, j'allais infliger à mon meilleur copain la plus humiliante défaite de sa vie au basket. Dorian est un excellent joueur et ça m'agace parce que, je dois bien l'avouer, je suis un supermauvais perdant. Je revendique même la « médaille d'or du mauvais joueur ». C'est plus fort que moi, je ne supporte pas de ne pas terminer premier.

Quand Dorian est arrivé, je me suis élancé dans le jardin, avec mon gros ballon orange sous le bras. Direction le panneau fixé à un mur de la maison. Je me sentais totalement invincible. J'ai annoncé crânement :

– On compte les points. Le premier qui a 20 a gagné. On continue à tirer tant qu'on marque.

Dorian a souri, sûr de lui. Nous partageons la même devise, tous les deux : « En sport, pas de sentiments sinon on est mort ! » Moi, perfidement, histoire de mettre toutes les chances de mon côté, je ne lui ai accordé aucun échauffement.

Dorian a accepté le défi sans discuter. J'en ai profité pour lui asséner un deuxième coup bas :

Vert De rage

– Puisque j'ai le ballon, je commence.

– D'accord.

« *Tiens ? Qu'est-ce qui lui prend, aujourd'hui ?* »
ai-je pensé.

Je le trouvais bien chevaleresque ! D'habitude,
il aurait protesté et exigé qu'on tire à pile ou face.

Ç'a dû me déstabiliser... Et,
du coup, j'ai perdu le contrôle
de mon tir.

Plop ! Le bal-
lon s'est écrasé
contre le mur,
un mètre
au-dessus du
panier. Ridicule !

Dorian a
immédiatement
récupéré la balle...
A tiré... A marqué.

ça grouille De grenouilles !

– Un point, a-t-il proclamé fièrement. Je rejoue.

Il a relancé... et marqué à nouveau.

Un troisième tir. Une nouvelle fois, en plein dans le mille.

– Ouais ! Génial ! a-t-il hurlé, en sautant de joie. T'as vu ?

– Oui, ça va, chuis pas aveugle !

Ma réflexion a semblé l'inspirer.

– Cette fois, je le fais les yeux fermés.

Dorian a clos les paupières... A lancé.

La balle orange a franchi le panier avec une précision étonnante.

Mon copain était vraiment trop doué. Même si j'aimais Dorian, je n'arrivais pas à accepter qu'il me batte. J'étais loin d'atteindre son niveau et cette vérité me rendait malade.

Et l'autre qui piaffait de joie :

– Je suis habitééééé !

Vert de rage

Il dansait sur un pied, sur l'autre, comme un sorcier africain, en poussant des petits cris de souris.

Le match était à peine commencé et déjà je n'exis-tais plus. Dorian, lui, sou-riait, aux anges. Il avait beau être mon meilleur ami, je lui en voulais d'exulter !

– Maintenant, de dos.

Il a pris le ballon et l'a jeté en arrière de toutes ses forces. Mais la chance qui lui souriait depuis le début de la partie avait dû s'évanouir dans la nature car la balle orange s'est trompée de chemin. Au lieu d'atterrir pile au centre du cercle, elle s'est engouffrée comme un boulet dans ma chambre, par la fenêtre ouverte. Son écart a été suivi d'un énorme fracas. BAOUM ! SPATCH ! CLIIIING !

J'ai fulminé :

– C'est malin !

Nous avons grimpé les escaliers quatre à quatre. Précautionneusement, j'ai ouvert la porte de ma chambre, m'attendant à découvrir un épouvantable chantier : du verre brisé, mon étagère dévastée, mes BD disséminées sur le sol avec des pages arrachées... Mais non. La pièce n'avait pas subi le cataclysme que j'imaginais. En fait, la maladresse de Dorian n'avait fait qu'une seule victime : une immonde petite grenouille. Pas une vraie, bien sûr ! Une en porcelaine verte. Enfin, en mille morceaux de porcelaine verte. J'ai soufflé, rassuré. De toute manière, je n'aimais pas cette figurine. Mais j'ai gardé ce soulagement pour moi. À Dorian, j'ai tenu un tout autre discours. Il fallait qu'il paye ses quatre paniers victorieux d'affilée.

Le mauvais joueur qui était en moi a rugi :

– T'es fier de toi ? T'es vraiment qu'un imbécile !

Dorian a baissé la tête, penaud :

– Je suis désolé. Je ne l'ai pas fait exprès.

– Manquerait plus que ça ! ai-je lâché sur un ton très sec.

J'ai pris un air affligé :

– C'est ma mamie qui me l'avait offerte, cette grenouille. J'y tenais beaucoup.

D'un geste désabusé, j'ai ramassé les morceaux verts éparpillés sur la moquette. Un silence de mort a envahi la pièce. On se serait cru à un enterrement. Tu parles, pour une pauvre grenouille qui encombrait mon étagère plus qu'autre chose, j'en faisais vraiment des tonnes.

Dorian a rompu ce silence pesant :

– Qu'est-ce qu'on fait maintenant ? On retourne finir le match ?

Pour qu'il me mette encore minable ? Non merci ! J'ai marmonné, faussement accablé :

– Je n'ai plus tellement le cœur à jouer.

2
une idée vaseuse

Deux jours plus tard, Dorian m'a rejoint dans la cour de l'école. Ses yeux brillaient. Sur le ton de la confidence, il m'a déclaré :

– Tiens. C'est pour toi...

Il m'a tendu un paquet : une forme bizarre dans un papier kraft de toutes les couleurs.

– C'est quoi ? ai-je demandé.

– C'est quoi ? C'est « coâ » ? a plaisanté Dorian. Ouvre, tu verras bien !

Ça grouille De grenouilles !

D'un geste vif, j'ai déchiré le papier et j'ai découvert... une grenouille en porcelaine, encore plus affreuse que celle qu'il m'avait pulvérisée.

Il a articulé, un peu intimidé :

– Je... Je sais bien qu'elle ne remplacera jamais celle de ta grand-mère...

Puis il a fait tournoyer la sculpture entre ses doigts et a ajouté, enthousiaste :

– Elle est quand même chouette, non ?

Un sourire lui barrait le visage. Il semblait tellement content de réparer sa bêtise de l'avant-veille avec ce cadeau !

« Je trouve cette grenouille hideuse ! », aurais-je voulu répondre. Au lieu de cela, je me suis entendu mentir :

– Merci. Ça me fait très plaisir !

Ce n'était pas un vrai mensonge, d'ailleurs. Si la grenouille ne m'enchantait pas, le geste me touchait énormément.

une idée vaseuse

C'est ce moment-là qu'Éléonore a choisi pour surgir entre Dorian et moi. Éléonore, c'est une fille fantastique, belle, drôle, intelligente, gentille, avec un sourire qui me fait totalement craquer quand il naît sur son visage. Bref, j'en suis raide amoureux. Et lorsque la fille la plus géniale de la

ça grouille de grenouilles !

Terre s'approche de vous, quel est votre souhait le plus cher ? Eh bien, qu'elle vous voie sous votre meilleur jour. Et surtout pas qu'elle vous découvre avec une grenouille immonde entre les mains.

Manque de chance, je n'avais pas été suffisamment rapide pour replier le papier kraft sur l'horrible batracien. Éléonore n'a alors rien trouvé de mieux que de me demander, avec son sourire ravageur à faire perdre ses moyens à un pauvre garçon comme moi :

– Qu'est-ce que tu caches dans ce paquet, Jonathan ?

J'ai bafouillé :

– Rien, rien !

Bien sûr, Dorian ne partageait pas cet avis.

– Allez, fais-lui voir, a-t-il insisté.

Oh non, la honte !

– Allez, montre-moi !

– T'en fais, un cinéma !

une idée vaseuse

J'ai déballé le papier kraft en m'excusant :

– C'est rien... juste un truc que Dorian me donne pour remplacer un machin qu'il a cassé... Enfin, ça n'était pas vraiment grave... Après tout, ce n'est qu'un objet. Parce que, tu sais, moi, les grenouilles, je...

– Oh ! Qu'elle est mignonne ! s'est alors exclamée Éléonore, avec une petite voix haut perchée.

– Ah ? Tu trouves ?

– Oh oui, trop choute !

– Et là, t'as vu, ses petites pattes repliées ? est intervenu Dorian.

– Oh oui, elles sont craquantes ! T'as trop de chance, Jonathan.

mou kélé mimi !

SOUVENIR DE QUIBERON

ça grouille de grenouilles !

Et cette maligne d'ajouter :

— Mais je ne savais pas que tu faisais collection de grenouilles !

— Moi non plus, si ça peut te rassurer !

— Parce que, si tu veux, on peut t'en trouver d'autres.

— Non... Non, c'est pas la peine.

— Mais si ! Ce sera amusant de chercher des grenouilles partout.

— Oh oui ! Comme une chasse au trésor ! a renchéri Dorian.

— On peut même lancer un concours. Hein, qu'est-ce que t'en dis, Jonathan, c'est pas une superbonne idée, ça ?

Impossible de répliquer quoi que ce soit. Ils étaient trop partis dans leur délire de chasse aux grenouilles-trésor pour m'écouter vraiment. J'ai préféré laisser tomber.

3
La Princesse et les Crapauds

La nouvelle s'est répandue comme une traînée de poudre. Bientôt, toute la classe a été persuadée que je commençais une collection.

« Trouver des grenouilles pour Jonathan ! » est rapidement devenu le divertissement numéro un de la plupart de mes amis. Chaque jour, pendant la récré de dix heures, on m'apportait des batraciens de toutes formes et de toutes tailles trouvés au fond de greniers ou de chambres. Et évidemment, ces grenouilles étaient toutes plus monstrueusement ridicules les unes que les autres.

Bizarrement, ils étaient nombreux à se passionner pour ce nouveau jeu. Comme s'ils adoraient se mettre en compétition, même pour de vulgaires bibelots.

– Ce n'est pas grave si c'est un crapaud ?

– Non...

Que faire de ces figurines ? Les garder ? Les jeter ? Les abandonner lâchement au bord d'un étang ?

J'ai finalement opté pour le stockage de tous les batraciens, même les plus monstrueux, dans deux cartons glissés sous mon lit. J'avais trop peur qu'on me réclame bientôt des comptes !

J'ai bien fait, d'ailleurs... car quelques jours plus tard, Éléonore m'a demandé :

– Je pourrais passer chez toi pour admirer ta collection ?

Imaginez que je n'aie eu que le camion-poubelle à lui présenter. Sûr qu'elle se serait vexée.

Branle-bas de combat, donc ! J'ai rangé ma chambre à fond. Maman n'en revenait pas de me voir avec un chiffon en main. Mais tout devait être impeccable pour bien recevoir Éléonore. J'ai même plié mes slips pour qu'ils ne dépassent plus du tiroir. Mes T-shirts et mes pulls ont fait une jolie pile bien propre dans mon armoire. Puis j'ai fait le vide sur mon étagère pour y placer le contenu des cartons. Maintenant, j'avais une belle planchette garnie d'horribles grenouilles de toutes sortes.

ça grouille de grenouilles !

Voilà, j'étais prêt et j'ai attendu Éléonore avec impatience, les yeux rivés sur les aiguilles de ma montre qui n'en finissaient pas d'avancer. Quand Éléonore est enfin arrivée, elle m'a à peine regardé. Elle a immédiatement demandé à voir ma collection. J'étais très ému de lui montrer ma chambre. Bien rangée !

Éléonore s'est extasiée devant mes figurines. Sa préférée était une grenouille en plastique, dotée d'une écharpe rose, de lunettes de soleil et de

cils ultralongs, et qui couinait quand on lui appuyait sur le ventre. La merveille des merveilles pour elle. La pire des mochetés à mes yeux. Comment cette fille pouvait-elle être si belle, si drôle, si intelligente et tomber en pâmoison devant un tas de grenouilles ? Mais pour une fois qu'elle se déplaçait jusque chez moi, je n'allais pas lui reprocher ses goûts. Surtout qu'elle regardait mes grenouilles avec ce sourire magnifique qui me fait tant craquer. Elle pouvait bien aimer ce qu'elle voulait, après tout... du moment qu'elle m'aimait bien, moi.

Comme cela m'avait épuisé de faire le ménage en grand, je n'ai pas eu le courage de tout remettre en ordre après le départ d'Éléonore. Le soir, maman a eu un choc en entrant dans ma chambre. Elle s'est transformée en statue de sel devant ma planchette garnie de batraciens. Puis elle a pris un air pincé pour me lancer :

Ça grouille De grenouilles !

— Ah bon, tu fais collection de grenouilles !? Je ne savais pas. Tu me fais des cachotteries, maintenant ?

Ma mère est curieuse. Trop curieuse. Elle veut toujours tout savoir sur moi et ça m'agace.

J'ai haussé les épaules :

— Mais je ne fais pas collection, à la fin !

Mon timbre de voix agressif ne lui a pas beaucoup plu.

— Bien sûr, a-t-elle commenté, sur un ton condescendant. Ta chambre est remplie de grenouilles mais c'est un hasard. Tu ne fais pas du tout collection. Elles viennent s'installer toutes seules sur ton étagère parce qu'elles s'ennuient dehors.

Et, pour se moquer un peu de moi, elle a ouvert la fenêtre et a appelé :

— Venez, petites grenouilles, ne restez pas dans le froid. Ici, c'est chauffé et vous aurez de la compagnie ! Il reste de la place sur l'étagère.

La Princesse et les Crapauds

Je l'ai laissée sortir de ma chambre sans rien dire. Après son départ, j'ai juste refermé la fenêtre puisque je n'attendais aucune visite de grenouilles.

4
Soldes incrôôôôôayables

Lentement mais sûrement, les batraciens ont commencé à envahir ma vie. J'en faisais des cauchemars la nuit. Mes rêves étaient peuplés de crapauds

qui jouaient à saute-mouton, de grenouilles qui me coassaient dans les oreilles. Dans la journée, le moindre « Quoi ? » me tapait sur les nerfs.

Et puis, comme tout finit par lasser, l'effervescence créée par « mes » grenouilles, elle aussi, s'est tassée. À l'école, on ne m'en offrait plus et surtout j'ai cessé d'être considéré comme l'expert en batraciens. Heureusement, une autre activité a occupé tout le monde dans la cour : le lancer de cailloux au centre de cercles dessinés sur le sol. Si j'avais pu, je me serais allongé par terre pour embrasser ces cibles en signe de remerciement. Enfin, plus personne ne s'intéressait à moi et à mes batraciens en porcelaine, grès ou plastique. Plus personne ne me demandait de leurs nouvelles. À tel point que j'ai pensé que la page de cette aventure idiote était définitivement tournée et qu'on ne m'en reparlerait plus jamais. Les grenouilles ont donc réintégré leurs vieux cartons sous mon lit.

Ça grouille de grenouilles !

Jusqu'au jour où ma tante Adèle a annoncé sa venue pour le samedi suivant. Elle est super, Adèle ! C'est la sœur cadette de maman. Elle est bourrée d'idées géniales. Sa passion numéro un est de chiner. J'explique. Cela ne signifie pas que pour un oui, pour un non, elle prend l'avion pour se rendre en Chine. Non, cela veut dire qu'elle passe des journées entières dans des brocantes et des vide-greniers. Parfois, elle y tient même un stand sur lequel elle vend des vieilles robes et des bibelots. Et justement, ce week-end-là, elle venait chez nous pour la grande brocante de la ville.

J'ai saisi l'occasion :

– Est-ce que je peux te donner des trucs à vendre ?

Il était temps que je me libère de ma montagne de grenouilles maudites.

– Ah ! Ah ! a gloussé ma tante. Tu t'y mets aussi ? Attention, tu vas être pris par le virus de la brocante.

Soldes incrôôôôôayables

J'étais loin d'en être atteint. J'avais juste envie de me débarrasser d'objets à cauchemars.

Adèle m'a regardé droit dans les yeux :

— D'accord, mais à une condition. Tu passes la matinée avec moi. Pendant que tu garderas les affaires, je pourrai aller voir les autres stands. Et puis, c'est quand même plus amusant d'avoir quelqu'un avec qui bavarder.

Ce n'était pas la mer à boire, j'ai donc accepté sa proposition illico.

5
Grenouille ou grosse nouille ?

Ce samedi-là, quand j'ai regardé ma montre, elle indiquait midi moins le quart. Je commençais à m'ennuyer un peu. Adèle avait terminé depuis longtemps ses achats auprès des autres brocanteurs. Bientôt, j'allais rentrer déjeuner à la maison.

La matinée avait été toutefois assez divertissante. Surtout lorsqu'un passant s'était arrêté devant nos voisins. Ils avaient l'air tout contents de se retrouver entre amis. Amis, du moins au début de la discussion.

Grenouille ou grosse nouille ?

– Ah ! Vous tenez un stand ? Vous avez de la chance, il ne pleut pas.

Ça commence toujours par quelques banalités d'usage.

Puis, le couperet :

– Vous êtes culottés de vendre ça. C'est nous qui vous l'avons offert à Noël !

Un peu déconfits, nos voisins ont essayé de plaisanter. Mais leur ex-ami est reparti vexé.

Cette situation délicate a fait glousser ma tante.

– Tu as vu la tête des amis, m'a-t-elle glissé à l'oreille.

J'ai plaisanté à mon tour :

– Ils ne sont pas près de repasser un Noël ensemble, eux.

J'ai alors pensé : « Pourvu que mes copains de classe n'aient pas la mauvaise idée de venir se promener ici, ce matin. »

ça grouille De grenouilles !

Ou bien je suis médium, ou bien j'ai le mauvais œil... Car, justement, qui vis-je apparaître au bout de l'allée ? Dorian et sa grande sœur, Salina. Ils arrivaient dans ma direction. J'avais l'impression qu'ils marchaient à pas de géant. Je me suis mis à trembler. Il me fallait vite une cachette, sinon mon copain allait m'apercevoir vendant mes grenouilles (et la sienne par la même occasion). Cela signerait la fin de ma plus longue histoire d'amitié.

Mon cerveau était embrumé. Une seule parade : appeler à l'aide comme un bébé. Adèle ! Au secououououours !

J'ai expliqué à ma tante qu'il y avait des gens que je ne voulais pas voir et qu'il fallait qu'elle trouve rapidement une solution. Et que je ne pouvais lui accorder que trois secondes, top chrono, pour cette mission. Mais, efficace comme toujours, elle m'a conseillé illico de me cacher au milieu de ses vieilles robes. S'il avait fallu que je me coince

Grenouille ou grosse nouille ?

un cintre entre les deux omoplates pour passer encore plus inaperçu, je vous assure que je l'aurais fait. Tout pour échapper à Dorian et à sa sœur.

Ça grouille de grenouilles !

Ils se sont arrêtés devant notre stand. Par bonheur, ils ne connaissaient pas Adèle. Ils ne pouvaient donc pas faire le rapprochement entre elle et mes batraciens.

— Oh ! Regarde ! Des grenouilles ! s'est exclamé Dorian.

— En plus, elles ne sont pas chères !

Tu parles, j'avais mis un prix ridicule pour m'en débarrasser vite fait !

— Celle-là, c'est exactement la même que celle que j'ai offerte à Jonathan, s'est réjoui Dorian. Je vais la lui prendre. Ça lui fera la paire. Comme ça, l'autre ne s'embêtera pas.

C'est alors que sa sœur a trouvé l'idée la plus idiote du siècle :

— À ce prix-là, on va même lui acheter tout le lot. Il sera content.

C'est sûr, je sautais déjà de joie !

Quand Dorian et Salina ne furent plus que

Grenouille ou grosse nouille ?

deux petits points, loin au bout de la rue, j'ai abandonné ma cachette.

– Tu vas être ravi ! m'a accueilli Adèle. J'ai liquidé toutes tes horribles grenouilles !

Ah oui ? Et qui allait les récupérer d'ici peu ?

6
Le retour Des têtarDs

Comme je m'y attendais, Dorian a sonné à ma porte le lendemain après-midi.

– Salut, Jo !

– Salut, Dorian !

– Tu ne devineras jamais ce que je t'apporte !

On parie ?

Dorian a poussé du pied un gros carton devant lui.

J'imaginais des milliers de crapauds grouillant là-dedans, prêts à bondir sur mon étagère, tout guillerets. Mon ami affichait son sourire radieux des bons jours. Il venait pour me faire plaisir et moi, j'allais le décevoir cruellement. Ça me vrillait le cœur. J'ai espéré lui faire le moins de mal possible :

– Si ce sont des grenouilles, c'est plus la peine ! ai-je réussi à articuler, malgré ma peur extrême de le décevoir.

Le visage de Dorian s'est soudain figé :

– Comment ça, plus la peine ? Et ta belle collection, alors ?

Je sentais mes jambes flageoler. J'étais obligé de le berner pour ne pas le vexer. J'ai marmonné :

– C'est que... tu vois... euh... j'ai dû les donner... parce que la semaine dernière, je suis allé à l'hôpital voir mon petit cousin et j'avais une grenouille avec moi. Mon petit cousin n'avait pas de jouet...

– Mouais, et alors ?

ça grouille de grenouilles !

J'étais mal à l'aise mais je voulais tout sauf cha-griner mon ami. J'ai bafouillé :

— Ben, il l'a trouvée tellement mignonne que je la lui ai offerte.

— Mais tu n'étais pas obligé de les donner tou-tes ! s'est étonné Dorian.

Là, je ne sais pas ce qui m'est passé par la tête, mais je me suis entendu ajouter :

— Oui, mais les autres enfants à l'hôpital en voulaient aussi. Ça avait l'air de leur faire tellement plaisir que je les ai toutes apportées.

Quel bobard !

C'était énorme, d'accord, mais cela a eu l'air de fonctionner. En tout cas, Dorian paraissait très ému.

— Mais tu leur as donné TOUTE TA COLLEC-TION de grenouilles ?

— Ben oui... Tu aurais vu comme ils étaient contents !

Le retour des têtards

Moi, j'étais déjà moins content d'avoir menti à mon ami. Mais mon histoire semblait vraiment lui plaire.

Dorian s'est senti un peu idiot avec son lot de batraciens entre les pieds. Il n'a rien dit pendant un moment, restant bras ballants, un peu embarrassé.

Finalement, il a demandé :

– Tu crois que ça leur plairait d'avoir d'autres jouets ?

Il avait l'air tellement hébété que j'ai cru lui faire plaisir en répondant :

– Sûrement !

Alors il a lâché :

Ça grouille De grenouilles !

– Ben, je te laisse le carton. Tu pourras leur apporter. Ça leur fera plaisir.

D'où m'est alors venue cette désagréable impression d'être maudit ? Mes mensonges ne me sauvaient jamais. Plus j'inventais, plus la situation empirait. Pourquoi est-ce que je choisissais toujours les mauvaises solutions ?

7
La crapule aux mille crapauds

Quand je suis arrivé à l'école, le lendemain, Dorian m'attendait avec son grand sourire admiratif. En entrant en classe, il m'a confié :

– J'ai repensé à ton cousin. C'est quand même génial, ce que tu as fait !

– C'est rien, tu sais, ai-je murmuré, gêné.

– Mais non, c'est pas rien, s'est écrié Dorian. C'est dingue que tu ne t'en rendes pas compte !

Et comme la maîtresse passait à ce moment-là à côté de lui, il l'a prise à témoin :

– Hein, madame, ce n'est pas rien de donner ce que l'on a de plus précieux !

Ça grouille De grenouilles !

Cela aurait pu s'arrêter là. Mais la maîtresse l'a interrogé, intriguée :

La crapule aux mille crapauds

– Tu veux bien m'expliquer de quoi il s'agit ?

Avant que Dorian raconte mon mensonge, je l'ai tiré par la manche... mais trop tard !

– Ben, c'est Jonathan. Il est allé porter à des enfants qui étaient à l'hôpital...

J'ai rentré ma tête dans les épaules. Tandis que Dorian parlait, j'avais la sensation que quelqu'un me plantait un poignard dans le dos. J'aurais dû m'évanouir pour faire diversion.

J'imaginais déjà la maîtresse, furieuse, écrivant en énorme et en rouge sur mon cahier de correspondance : « Votre fils est un abominable MENTEUR ! Il devrait avoir HONTE ! »

Et la tête de mes parents, quand ils liraient ça ! Le regard triste de ma mère, le sermon de mon père...

Quand mon ami a eu fini, j'étais au trente-sixième dessous. Mais contre toute attente, la maîtresse m'a adressé un sourire radieux :

– C'est très généreux de ta part, Jonathan.

ça grouille De grenouilles !

Viens nous expliquer cela au tableau. Ça peut intéresser tout le monde.

Les autres élèves se sont tournés vers moi. Je ne pouvais pas bouger. J'étais paralysé d'angoisse.

À cet instant précis, j'ai détesté Dorian. Quel besoin avait-il eu de raconter cette histoire ?

– D'habitude, tu n'es pas timide, a insisté la maîtresse. Et parle fort pour que tout le monde t'entende !

C'est une chose de mentir à un ami ; mais baratiner toute une classe, c'est une autre paire de manches. Planté devant le tableau, à la place habituellement occupée par la maîtresse, je sentais de grosses gouttes de sueur naître sur mon visage puis glisser le long de mon cou jusque dans mon dos. Un des pires moments de ma vie !

Et quand la maîtresse a conseillé : « Vous regarderez ce soir si vous avez chez vous des jouets dont vous ne vous servez plus, pour les donner à

La Crapule aux mille Crapauds

l'hôpital », j'ai eu l'impression que le sol s'ouvrait sous mes pieds.

De fait, dès le lendemain, je frisais la catastrophe. Benoît, un garçon de ma classe, était venu à ma rencontre :

ça grouille de grenouilles !

– Tu me diras où tu habites parce que j'ai des trucs à te donner pour l'hôpital.

J'ai cru m'en sortir en répondant :

– Apporte-les toi-même là-bas.

Mais Benoît m'a répliqué, désolé :

– J'y suis allé hier soir mais ils m'ont dit qu'ils n'en voulaient pas.

Tout à coup, l'horreur de la situation m'est apparue. Une sorte de fluide glacé m'a traversé le corps de haut en bas. Bien sûr qu'à l'hôpital ils n'étaient au courant de rien ! Comment avais-je pu être assez stupide pour négliger un élément aussi fondamental dans mon mensonge ? Comment avais-je pu passer à côté ? Si tous les élèves se déplaçaient là-bas avec

leurs jouets sous le bras, ils se rendraient vite compte que je les avais menés en bateau. Au bout d'un moment, à l'hôpital, ils s'étonneraient aussi. C'était terrible. J'allais être découvert.

Heureusement, Benoît n'avait pas « tilté ». Il a précisé, attristé :

– Une bonne femme pas aimable m'a même dit : « Qu'est-ce que vous croyez ? C'est pas une poubelle, ici. Partez avec vos vieilleries. Allez, ouste ! »

J'avais du mal à déglutir. Ma salive me brûlait la gorge. Pourtant je devais rapidement rattraper ma lamentable erreur. Mes neurones ont dû inventer à toute vitesse :

– Ah oui, t'es sûrement tombé sur Roberte. Elle n'est pas dans la confidence. Les autres infirmières ne lui parlent pas parce qu'elle n'est pas sympa.

– Ben, ça, j'avais remarqué ! a renchéri Benoît, en grimaçant.

ça grouille De grenouilles !

Visiblement, l'accueil que lui avait réservé la fausse Roberte n'était pas passé.

– Moi, j'ai mes entrées, ai-je menti. Il faut connaître la bonne personne.

Par chance, Benoît m'a cru.

J'ai pensé m'en sortir en disant :

– Le plus simple, c'est que tu apportes les affaires chez moi. Je m'en occuperai.

Il a hoché la tête :

– D'accord !

C'est alors que quelqu'un, dans mon dos, s'est écrié :

– Mais oui, c'est génial !

Je me suis retourné. Éléonore me faisait maintenant face.

– Qu'est-ce qui est génial ? ai-je questionné.

– Ben, là, ton truc, quoi !

Et elle a ajouté, mystérieuse :

– Tu vas voir, j'ai une super idée !

La crapule aux mille crapauds

Pour voir, j'ai vu ! L'idée « géniale » d'Éléonore était de fabriquer une affiche indiquant : « Jonathan recherche des jouets pour l'hôpital » et de l'accrocher à l'entrée de l'école. J'ai pensé que la directrice ne rentrerait pas dans la combine. Manque de chance, je m'étais une nouvelle fois trompé. Au contraire, elle a estimé qu'il s'agissait d'une initiative à encourager et elle a donné à Éléonore l'autorisation de placarder son annonce.

Inutile de dire que la nouvelle s'est répandue à une vitesse vertigineuse dans toute l'école.

8
La fête à la grenouille...

Voilà comment j'ai récupéré des caisses et des caisses de jouets plus encombrants les uns que les autres.

Vous imaginez la tête de ma mère quand elle a vu débarquer tous les cartons ! Car, bien sûr, elle n'était au courant de rien.

– Qu'est-ce que c'est que ce bazar ?

Dorian et les autres sont intervenus :

– Ne vous inquiétez pas, madame, c'est pour une bonne action.

– Oui, votre fils est merveilleux !

J'ai jeté un rapide coup d'œil vers ma mère. Elle avait l'air surpris. J'ai eu peur qu'elle demande à mes copains de lui raconter le point de départ de cette « bonne action ». Mais, heureusement, elle n'a fait aucune réflexion.

Comment me débarrasser, maintenant, de tous ces objets qui masquaient le papier peint de ma chambre jusqu'au plafond ? Je ne pouvais pas réclamer son aide à ma mère. Il aurait fallu tout expliquer. À présent qu'elle avait un fils « merveilleux », je doutais qu'elle ait eu envie de l'échanger contre un misérable menteur.

Je n'avais plus qu'une seule solution : Adèèèèèle ! À l'aide !

Au téléphone, j'ai tout révélé à ma chère tante. Elle allait me sauver, c'est sûr !

– Oh là là ! Je suis très occupée, m'a-t-elle répondu. Mais si tu veux un conseil, contacte des associations d'entraide dans ta région. Je suis convaincue qu'elles seront très intéressées par tes affaires.

ça grouille De grenouilles !

Voilà, c'était tout. Elle avait déjà raccroché.

Quel enfer de jouer les gentils. C'est incroyable les heures que j'ai passées, d'abord sur Internet pour trouver les coordonnées de ces associations qui récupèrent des objets pour les personnes démunies, puis au téléphone pour les contacter.

Ça n'a l'air de rien, mais faire le bien, ça prend du temps et beaucoup d'énergie... Surtout qu'au final, je n'ai jamais réussi à les convaincre de venir chercher ma montagne de vieux jouets.

Je me voyais déjà vivre au milieu d'eux pour le restant de mes jours quand, sans s'en douter, Dorian m'a donné la solution :

– Tu vas à la kermesse de la maternelle, samedi ?

Cette kermesse-là, on adore y retourner. Nos anciens instits nous accueillent avec le sourire et toujours cette même réflexion : « Qu'est-ce que vous avez grandi ! »

La fête à la grenouille...

Eh ! Eh ! Est-ce que, par hasard, ça leur plairait, plein de jouets pour leur pêche à la ligne ?

Le soir même, à quatre heures et demie, je me trouvais devant les grilles de la maternelle avec ma proposition de cartons. Si ça les intéressait ? Tu parles ! Ils se sont jetés sur l'aubaine. Trop belle et trop rare.

– Et les gros jouets, on les gardera pour notre petite ludothèque, tu veux bien ?

Si je voulais ? Je n'attendais que ça, moi, de vider tous mes cartons dans leur ludothèque.

Le jour de la kermesse est arrivé... et à nouveau, j'ai eu des sueurs froides. Alors que nous arrivions dans la cour de la maternelle, Salina, la sœur de Dorian, s'est écriée :

– Oh ! Regardez, à la pêche à la ligne, il y a un tas énorme, cette année ! On y va ?

J'ai cru que tout allait recommencer. Mes cauchemars ne finiraient donc jamais ?! J'hésitais entre partir en courant et tout avouer.

ça grouille De grenouilles !

Par chance, Dorian a haussé les épaules :

– Non, c'est naze ! C'est toujours des cadeaux pour bébés ! On va au Chamboul'tout, plutôt !

Comme Salina semblait encore hésitante, j'ai ajouté, en me forçant pour rire :

– Voyons, Salina, t'as quel âge ?

Du coup, on est tous allés prouver qu'on n'était plus des bébés, en dégommant des tas de boîtes de conserve.

Et voilà comment tout est rentré dans l'ordre.

9
Quel tintintamarre !

Début juillet. Première semaine de vacances. Dorian passe l'après-midi chez moi. On s'est installés sur la terrasse et on boit un soda en engloutissant une boîte de gâteaux.

– Tiens, j'ai reçu une lettre d'Éléonore, me lance-t-il. Elle me demande comment tu vas.

Je rougis. Moi aussi, j'ai reçu une lettre d'elle hier mais je n'avais pas osé le confier à Dorian... surtout qu'elle ne me demande pas de ses nouvelles.

Je tente une diversion :

– Et si on faisait une partie de basket ?

Dorian se lève d'un bond :

– Super idée !

– On compte les points. Le premier qui a 20 a gagné. On continue à tirer tant qu'on marque.

ça grouille De grenouilles !

– D'accord, mais c'est moi qui commence, s'exclame Dorian.

Allez, pourquoi pas ! Je vais essayer d'être bon joueur, pour une fois.

Il lance. En plein dans le mille. Un deuxième lancer. Le ballon atterrit encore pile au milieu du cercle. Je sens que je bous. Mon ami commence à m'agacer !

Dorian se prépare pour son troisième tir. Il ferme une paupière, il doit avoir le soleil dans l'œil. Le ballon s'envole et disparaît dans ma chambre par la fenêtre laissée ouverte. J'entends des BLING !, des BANG !, des SHLIIIK ! et des CHRAAAK ! Une sorte de cataclysme, en fait !

Honteux, Dorian cache sa figure dans ses mains :

– Oh nooooon ! Ça recommence comme l'autre fois... Ça a même l'air pire. Je suis désolé !

Je reste cloué sur place.

Quel tintintamarre !

– Viens, on va voir, me dit-il.

Je lui réponds d'une voix ferme :

– Non, j'y vais tout seul. Toi, reste ici !

Heureusement, Dorian, impressionné par mon ton, ne me talonne pas dans l'escalier. Ça doit l'arranger aussi !

ça grouille de grenouilles !

Lorsque j'ouvre la porte de ma chambre, je constate les dégâts... Mais plutôt mourir que d'avouer à mon ami qu'il vient de pulvériser la porte en verre de ma vitrine et mon magnifique réveil à l'effigie de Tintin.

Dans la même collection

La loi du plus fort

Défi d'enfer

Train de nuit

La honte de Takao

Simon, l'ami de l'ombre

L'équipe des Bras cassés

Une famille treize étrange

Berthus, agent secret

La dent de l'ours

Berthus à la rescousse !

La fugue

Tu me cherches ?

Ça grouille de grenouilles !

DLiRe, c'est chaque mois :

UN ROMAN inédit, illustré et toujours différent.

30 pages de BD, de JEUX et d'ÉNIGMES.

DES REPORTAGES : ciné, actu, BD... les lecteurs donnent leur avis.

Viens visiter le BLOG DLire sur blog.dlire.com !

le blog
blog.dlire.com

D Lire est en vente chaque mois chez ton marchand de journaux ou par abonnement au 0 825 825 830 (0,15€/mn)

DISCARD

Achevé d'imprimé en décembre 2008 par Pollina
85400 Luçon - N° Impression: L48555A
Imprimé en France